上班 下班

职场人生的 100 个遐思

宋秩铭 TB Song 著

高巾茗 设计
高峻 绘

中信出版集团 | 北京

图书在版编目（CIP）数据

上班下班：职场人生的 100 个遐思 / 宋秩铭著 .
北京：中信出版社，2024.11. -- ISBN 978-7-5217
-6894-7

Ⅰ . I267.1

中国国家版本馆 CIP 数据核字第 2024XS4994 号

上班下班——职场人生的 100 个遐思
著者： 宋秩铭
出版发行：中信出版集团股份有限公司
（北京市朝阳区东三环北路 27 号嘉铭中心　邮编　100020）
承印者： 北京启航东方印刷有限公司

开本：787mm×1092mm 1/32　　印张：5.5　　字数：50 千字
版次：2024 年 11 月第 1 版　　　　　 印次：2024 年 11 月第 1 次印刷
书号：ISBN 978-7-5217-6894-7
定价：98.00 元

版权所有·侵权必究
如有印刷、装订问题，本公司负责调换。
服务热线：400-600-8099
投稿邮箱：author@citicpub.com

目录

- 序文之一   3
- 序文之二   4
- 序文之三   6
- 前言   11

1. 为什么   13
2. 第一天上班   14
3. 上班不忙   16
4. 上班太忙   18
5. 摩托车   20
6. 职场的初恋   21
7. 走路搭公车上班   23
8. 衣服   24
9. 一日三餐   26
10. 主管好像不是你可以选择   27

11. 新进中高阶的迷失	28
12. 什么叫管理	30
13. 有一天	31
14. 车子	32
15. 开会的日常	34
16. 有些人喜欢开会	38
17. 公司大会是重要的	39
18. 可能每天你要做决定	40
19. 冲突	42
20. 我们常会批判一些事	44
21. 我们的成长过程有许多缘分	45
22. 大家走在一起	46
23. 有些时候碰到放假总觉得大家可以聚聚	48
24. 公司里经常有谣言传来传去	50
25. 人生难免无奈	52
26. 每个人都有私心	53
27. 记得很早以前碰到一位资深主管	54
28. 上班好像走上一个舞台	55
29. 出差是正常的工作	56

30. 休假是种能力	58
31. 领导几乎只要做一件事	59
32. 领导是没有退路	62
33. 我及我们	63
34. 时间的借口	64
35. 生意不好需要阶段性缩小规模	65
36. 日常	67
37. 定位自己	68
38. 专业及管理	69
39. 看球赛	71
40. 职业经理人	72
41. 结构性的问题	73
42. 我们很容易进入规模的竞逐	74
43. 升迁是重要的	76
44. 头衔有两层意义	77
45. 今天被要求离开公司	80
46. 政治来自	82
47. 改变是勇气	83
48. 不一样的有段时间	84
49. 割舍有时是必要的或是必然的	85

50. 每个公司都有基本的限制　　86
51. 决策　　87
52. 经常形容灵感会稍纵即逝　　88
53. 努力工作努力玩耍Work Hard Play Hard　89
54. 男人与女人　　90

55. 尊重个人　　92
56. 文化的延续　　94
57. 客户到底是什么　　95
58. 行业的朋友　　97
59. 职场生涯　　98
60. 商业的本质　　103
61. 另一阶段的一日三餐　　104
62. 家是另一个职场　　106
63. 好像很长时间没有周末的存在　　107
64. 恋情是美化的过程　　108
65. 爱情　　109
66. 小孩的力量无可取代　　111
67. 朋友的老婆多数是全职妈妈　　112
68. 伴侣　　113

69. 每个阶段都有不同的酒友	115
70. 每年都有生日要过	116
71. 可以算一下你单身在活到现在的占比是多少	118
72. 朋友	120
73. 在台北火车站的前面	122
74. 吃什么看你跟谁去了	124
75. 音乐几乎是我的第二生命	125
76. 不知何时养成边听音乐边工作的习惯	128
77. 朗朗上口的旋律	129
78. 常被问	130
79. 酒是好东西	131
80. 抽烟	132
81. 走进吸烟室	134
82. 维持一些惯性是好的	135
83. 北京的四季	136
84. 初到北京的下雪	139
85. 北京在家的日子	140
86. 台北好像没有四季	141
87. 走进餐厅	142

88. 在这么冷的天气	143
89. 回想过往	144
90. 也是三餐	145
91. 忘记事情在所难免	148
92. 每天晚上习惯性面对电视	149
93. 我们都需要借口	150
94. 工作我们都需要的	152
95. 退休	153
96. 接班	154
97. 退休的常态	156
98. 小时候的相信	157
99. 你走在街上	158
100. 第二篇章 Next Chapter	159
· 跋 一个"滥好人"	162

序文之一
TB Song

作者宋秩铭,大家都叫我TB
TB来自"秩铭"闽南话Tiat-Beng的缩写
加入奥美四十多年,曾担任奥美大中华区董事长
2024年退休,现定居北京

我是个话少,文章写不长的人,
长时间看诗,
知道我成不了诗人,
但我喜欢诗的形式,
喜欢诗会让思考更为进入事情的本质。

所以我借用诗的形式把我进入职场四十多年
的感受写下来。
然后又找了相识多年的高峻,
是行业的朋友亦是画家,
找他一起合作,他居然一口答应。
他又找了巾儿,把文字及画设计出来,
就这么成书了,这是个共创的过程。

感谢高峻及巾儿,
感谢我老婆苏菲的体谅及包容,并帮我写跋,
感谢在文字形成的过程中许多人的鼓励及打击。
在此特别感谢我的特助朱漫芳在过往三年之内,
每几天就修一次稿,
现在终于成书不用修了。

序文之二
高峻

配图者高峻,字大堂
梅高(中国)创始人,已退休
业余艺术爱好者
客居上海

在戛纳:
TB与我一起接受记者的采访,似乎我们说了很多……当下一点内容都想不起来了,只记住那瓶勃艮第的红酒很不错……

在东京:
TB邀我去听爵士乐,其实我一句都没听懂……不知道为什么,后来发现自己喜欢上了布鲁斯,还知道了"黑胶"这玩意儿的魅力……

在上海:
TB约酒我总是很开心,餐厅一如既往由他定夺……不仅能确保食材和酒品的稳定,重点是他的安排总能腾挪出"吞云吐雾"的美妙空间……

在许多地方:
TB是一个有趣的灵魂,在他不算健硕的体格里总是藏着满满"人间烟火"的智慧……

折腾了一辈子,
好不容易我们都熬成了70后……
TB假装写诗我假装画画,
一个不知道为什么写,一个不知道为什么
画……就这样"闲里偷忙"居然把活干
成了……

TB的诗挺耐得品的,有三个"我"在对话,
本我,真我,超我……读懂了就成熟了,读不
懂就祝贺你,你还年轻!

想起了泰戈尔的诗句:
"请相信自己的力量,
因为你不知道
谁会因为相信你开始相信自己。"

相信生命中的那些美好,
缘自TB的诗意……心存感激!

序文之三
高巾茗

设计高巾茗,家人朋友常唤我作"巾儿"
毕业于芝加哥艺术学院,是但不仅是设计师
Forfundesign 主理人
现定居美国

接到TB的邮件时,肩头还落着上场冬季的茫雪。

我敲开附件,撞见了他洒在四十个春秋里
闪烁的光点,
它们布满时空,被徐徐道来。

并着高峻先生涟于水墨的印痕,
一同温和且轻润地叙述出无数个顿挫。

与二位相比,我实在是胸无点墨的后辈,
能参与其中,切切是诚惶诚恐又暗自欣喜。

再抬头时
发现已是绿荫遮蔽，
终于到了读好诗的日子。

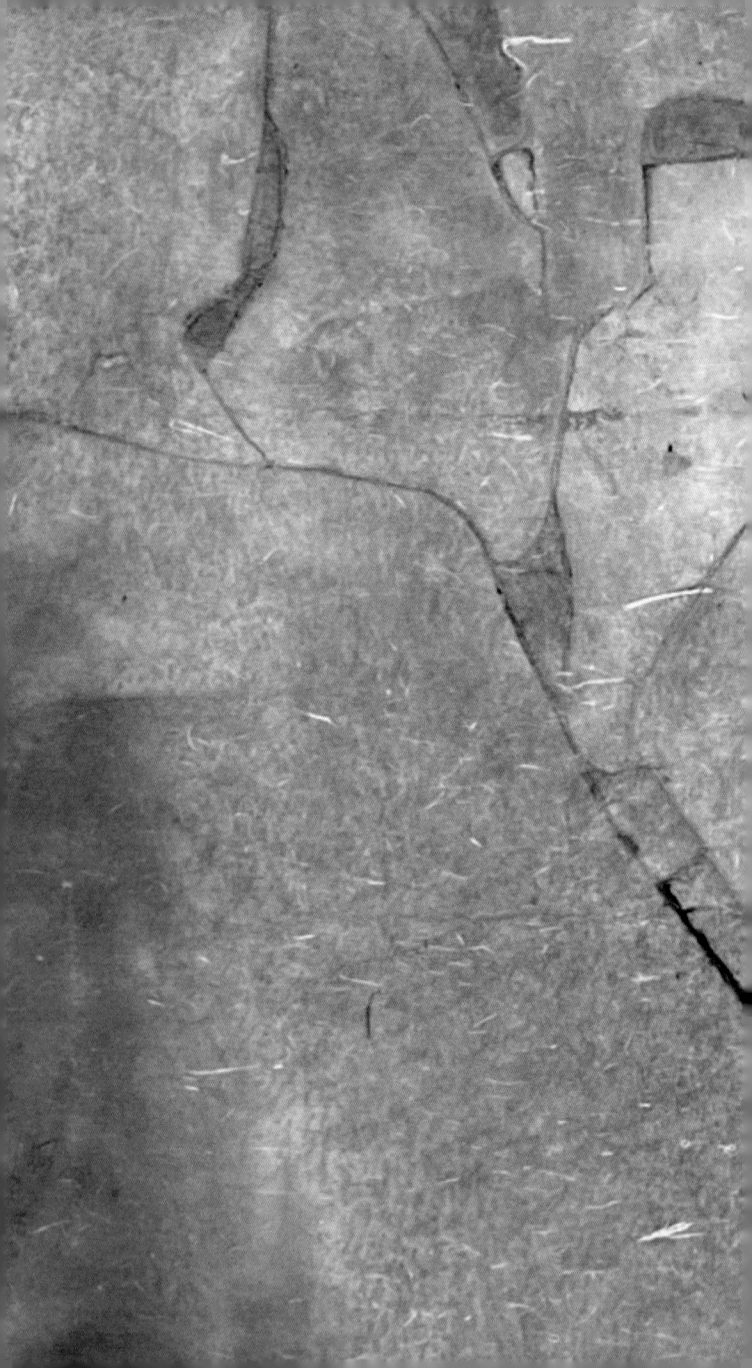

前言

多数人终其一生都在职场
从小到大到老
都在面对自己及周遭的人事物
因为你生活在其中
可能一开始是被动地承受
或被动地参与
慢慢地较为主动面对或继续被动

至少定见是有的
等你大了进入职场或退出职场
形成了看法
可以回来看这个定见

1

为什么

到底进入职场是为什么
很少人问这个问题
或不敢问这个问题
虽然答案大多一样
但也有可能不一样

结婚生子
养大小孩
照顾父母
或成就一些想象
或快一点往上爬
或可以早点创业
或可以早点退休
选项不多约定俗成

我们的生活容易被固化
还是有其他的选项

基本总要过生活吧
这会是基础

第一天上班

许久以前的事都不记得了
只记得等了很久有人来带你去座位
给你一些东西看
不知过了多久
有人过来找你说了一些你要做的事
就这么开始了工作

经过熟练的过程及日子
形成自己的看法做法
逐步有了自己的主体性

我想我们都是这样走过来的

之后

你就会碰到其他机会
到不同的公司
面对不同团队
这个改变是为什么
更高的职位更高的薪资
更好的老板更好的公司更大的挑战

但为什么多数情况都不是这样

事实上多数人的职场生涯都会有一家或两家公司
当初是不应该离开的
但这却无法避免及验证

3

上班不忙
怎么办要干吗
假装坐在位子上瞎忙
或者可以四处走走
去认识公司的人看看他们在做什么
也可以帮他们做
甚或给他们一些意见
反正闲着也是闲着
可以尝试做做看
会学到许多同时会交到许多朋友

在任何公司都一样
交到许多朋友是重要的亦是愉快的

上班占去我们太多时间
至少三分之一
许多时候是二分之一以上

不要浪费
如何在没事之中去学习

况且上班没事会越来越少

上班太忙

常常我们会碰到上班太忙
没时间思考必须马上完成交件
确实经常碰到
但不能成为常态
太忙成为常态会让你只用经验工作
只剩体力活
这是危险的
需要自觉强制自己有某段时间的放缓脚步

每个公司都应该有机制来解决这种现象
但好像都看不到
这就会让更多有能力的人成为自由人*了

* 以前在台北奥美有个给资深人员的福利，每过五年就可以有一个月的长假，但后来没有持续下去。

摩托车

初上班公司配摩托车可以报油钱
如果人多才可以坐计程车需要事先申请
骑摩托车成为日常

不会堵车
不会加班太晚叫不到车
不会酒测(当时)

摩托车确实比汽车自由

上班时比赛谁先到客户的地方
下班时比赛谁送漂亮的女生回家

职场的初恋

多数人一开始的工作都没做下去
都会换不少公司
总是会定在一个工作一段时间
总是会定在一个公司一段时间

可能刚进职场比较容易受伤
不知道怎么做才是好的
太容易想东想西
当然固好专业基本操作还是根本

但你要想的是你喜欢这个工作吗
你会热爱吗
你有从心底深处的喜欢吗
你选择这样的生活方式吗

可能初恋只是激情没有机会沉淀
错失本来属于你的行业
或公司

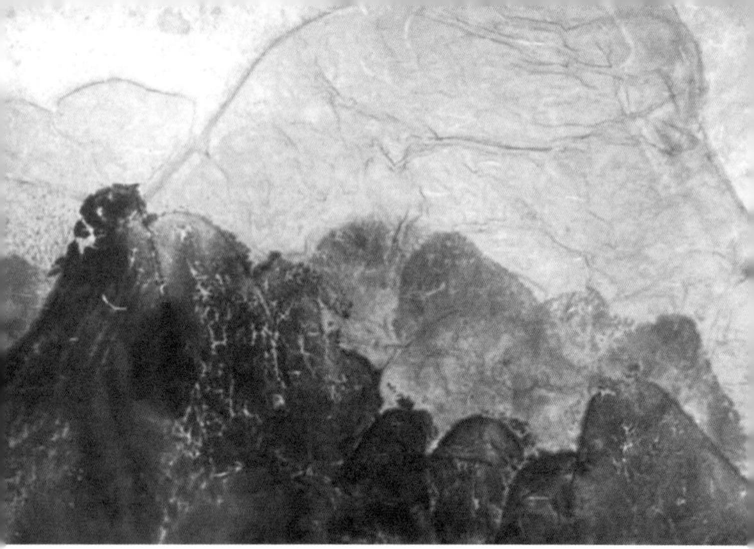

走路搭公车上班
可健身可看书

骑摩托车上班
可快可慢

开车上班
塞车考验耐性

有司机上班
听听音乐想想今天干什么

过一段时间
可能很长的一段时间之后

偶尔叫车上上班
或就走走路对身体有益不一定要上班

衣服

刚开始上班时
常被家人提醒穿着要像样点

当时公司在中午时有西服店的人来
带着布料及最新样式的杂志
你选中之后帮你量身定做
记得当时花了一个月的薪水定做两套西装
人生第一次定做的工作服

很久以后才知道定做才是顶级
当年定做是些许抄袭
但基本功还是有的
也有名牌的身影

后来
难免受时下名牌的影响
但确实买不下去

当年在台湾有些名牌
在年底都会有换季大清仓
可打到三折
所以我就每年去乔治·阿玛尼买一次衣服
勉强跟上时尚

之后

一套西服可以穿很多年
几件黑白衬衫可以穿到领口磨损
每天都一样

现在就是牛仔裤运动衫夹克了

衣服时尚
每人都有一定的过程

一日三餐

早早到公司
长达四五年每天在公司门口的报摊
买小瓶装可乐及三明治
走上办公室边吃边准备资料
打几个电话给客户
开个与下午客户会有关的内部小会

叫个便当午餐就过了

下午到客户的地方开会
有时顺利有时不顺利
顺利就与客户找个好地方晚餐
不顺利就与团队去我们常去的地方互相安慰
当然还是要检讨

酒没少喝
晚晚回家
早早起来

主管好像不是你可以选择
当然了
你刚上班就只能被分配只能碰运气

我碰到的第一个主管都不管我
每次都简单交代一下就去忙他的
我只好自己摸索不懂就问
幸好坐在旁边的同事帮忙指点
逐步知道怎么做

后来不知为什么他走了
公司找不到人接他的工作我就顶了上去
做个小主管带着两个人直接对最大主管报告
就此步入初级管理阶段
之后就步入较可选择主管亦会被选择的阶段

相信每个人的境遇都不同
不同的故事
回想起来还是要感谢我的第一个主管

新进中高阶的迷失

新进时
总是容易迷失
但也没什么
做就是了
熟练才是重要

到中阶时
自主性逐渐形成
但经常面对对上对下的矛盾

到高阶时
要清楚对业务对人的看法
自己的主体性在哪里
多数公司中阶与高阶不是分得很清楚
懂得处理横向的关系
不然你还是中阶

什么叫管理

管人管事管物管钱
是有人管你
还是没有
是否有人决定你管什么
每个组织都会决定你要管什么
可能是你上面的人
也可能是你下面的人
或你可能不知道

管理就是由上而下
或是由下而上
亦或由左由右
都需要畅通
但经常不会

部分人的共识还是要的
至少要有少数主观的判断而成形
虽然开始比较难
至少一开始

难做还是要做
似是而非亦不得已
经常你的管理生涯就这么开始了

13

有一天
有两个公司都同意我的加入
要求这一天上班

但我一直无法决定

就在这一天
早上我骑着摩托车
到一个十字路口
往前到一个公司
往右到另一个公司

不知为什么

我往右到另一家公司
一待就四十年

14

车子

我一直骑摩托车上下班
大约五年之后
到了一家公司担任高阶主管
公司觉得需要给我配一辆车
当时的老板家里有辆福特的老车
平时载狗外出
后面行李箱可平开有自动车窗方便狗上车
后来不用了就成为我的第一辆车

大约开了一年
实在不好开又笨又费油
我就换了一辆菲亚特手排的小车
大街小巷行走自如
感受到意大利人的热情

当时我们流行在市区里赛车
有一天我跟同事赛车
把车子引擎搞坏了
就换了部蓝旗亚

也是手排马力比较大
改装了音响
享受新建环岛的公路行
在车上听遍你喜欢的摇滚

但好景不长
不到半年
到朋友家停在路边
半夜出来找不到车
被偷走了
真的怀念意大利蓝旗亚

后来
听说宝马比较难被偷
就分期买了辆手排525
一直开到报废

最后
到现在我有一辆小车
宝马1M手排限量版
我老婆一直叫我卖
将近十年都还未贬值
但我想让这辆车成为我小小孩的第一辆车
而且是手排的
跟他哥哥一样

再三年
大概就不开车了
脚踏车可能还行

车子对我们这辈人是有意义的

15

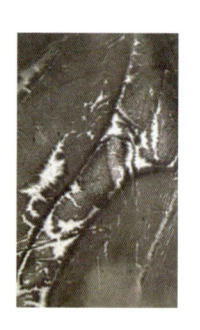

开会的日常

与客户开会
与内部开会
与自己开会
确实不同
耗费的精力亦不同

内部开会比较有掌握
或说比较随性
目的经常不清楚
有时就浪费大家许多时间
为了平息召开会议的人的焦虑

与客户开会就不同
知道要达成什么目标
当然有时失望
有时高兴

与自己开会就更不同了
时而顺畅
时而不顺
与自己开会是重要的
是个整理思绪的时候
经常会延续下去不会间断

做梦时也是在与自己开会

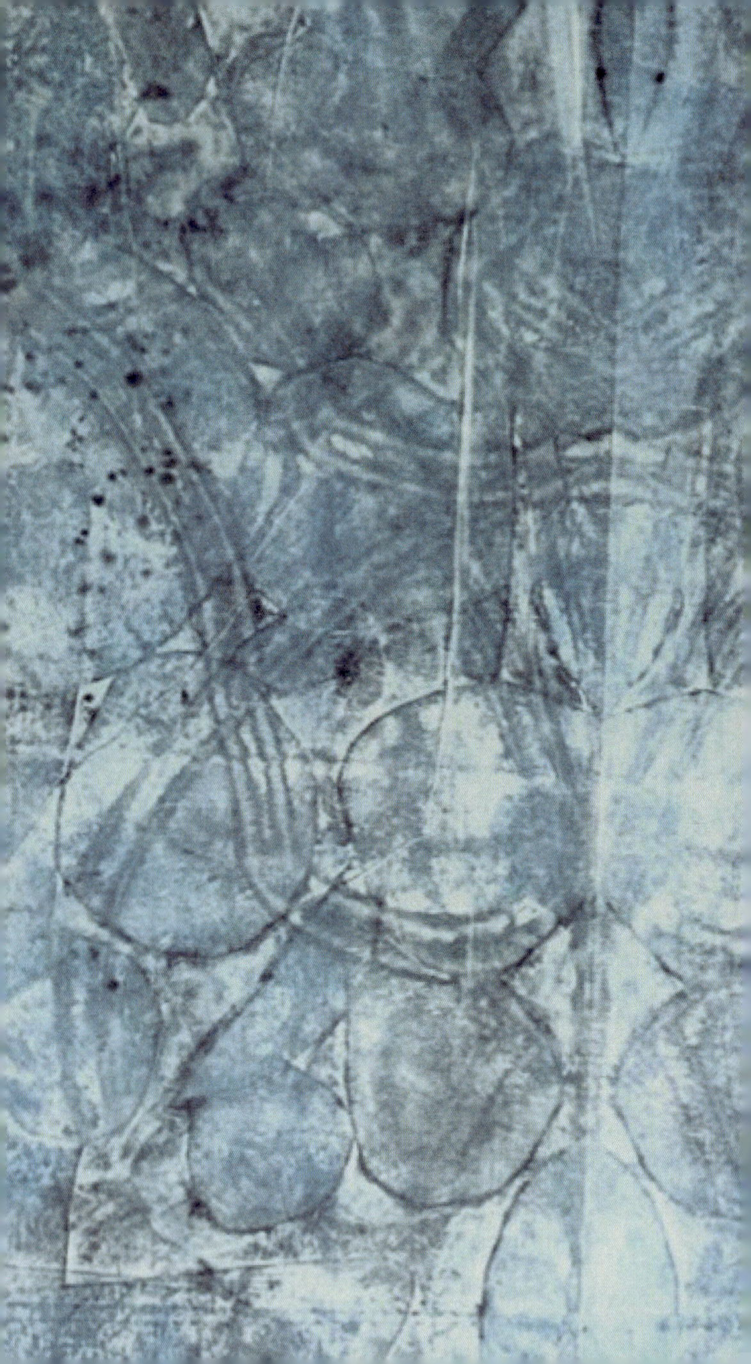

有些人喜欢开会
动不动就找一堆人来开
可以讲很长的时间
好不容易散会了
有人问参加会议的人
你们开什么会开那么长
参加会议的人回答
不知道

公司大会是重要的
每隔一段时间要让大家知道公司的发展
下一阶段要走到哪里

每次都要不断重复强调
我们是个什么样的公司
我们的主体性在哪里
我们的差异在哪里
我们的信念是什么

切记发言要简短
几乎每次参加公司大会
都讲太久而失去焦点
就剩下表演及抽奖
可惜

可能每天你要做决定
但可能你都不知道自己在下决定

事实上每个人每天都在下决定
就像有时你要把手举起来还是放下来

当你开始熟练你的工作时你就会这样

这可能是危机
就会自以为是而不自知了

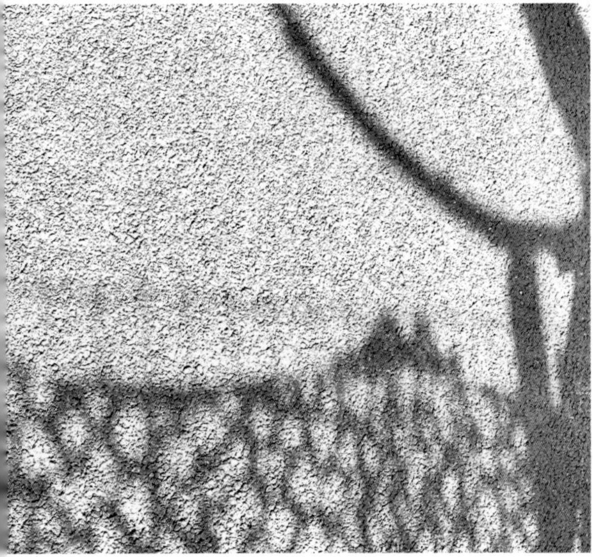

冲突

以前在公司偶尔会有打架
现在很少了
如果有最多就是比较大声的争吵还不到吵架
不知什么时候职场的文明形成
上班就要以礼相待
较大声就会引起侧目
于是冲突被压制
不同意见被压制
但冲突没有消失
并延伸成许多负面的情绪及行为

冲突来自哪里

因为各自的看法或代表不同群体的立场
就如政治
抛开各自看法及立场就事论事
难道就那么难

确实难
以往打完架
反而清醒
就可以就事论事

如何让冲突台面化
虽不易或让人不舒服
但确是必要的
这才能走向良性互动的团队

20

我们常会批判一些事
小时候批判琼瑶的滥情
批判贝多芬夸张的浪漫

批判让你成长
也限制你成长
不懂包容
只要是父辈说好的东西就是不好

批判与理性好像没关

当你把小时候的批判带入职场
可能是好的
让你尝试去做不一样的事
可能结果很糟
几次挫折之后
你就算了

试着走出一条路
或你就被逼着开始学习包容

我们的成长过程有许多缘分
缘分时好时坏
只是我们经常分不清
或不会去分

我们很少会去说这是好或坏的缘分

只是我们不知道
好的缘分可能会走向坏的缘分

22

大家走在一起
好像不是我们的决定

为什么会走在一起
有许多偶然的因素说不清楚
比较可以说的因素还是缘分
但必须说
是好的缘分
这是幸运不容易的幸运

就好像某一天在酒吧碰到一个人
聊了不错
后来成为长时间的朋友
太幸运太不容易了

有时我们会不珍惜
都已过去后悔了来不及了

我们不是常做一些来不及的事

有些时候碰到放假总觉得大家可以聚聚
这应该是随性的
但往往不是这样

总是希望是随性的
但往往不是这样

本来朋友就是朋友
朋友就不应该计较
但偏偏就有人会

结果
本来是期待愉快的朋友聚会
想想就算了
或勉强碰就不欢而散

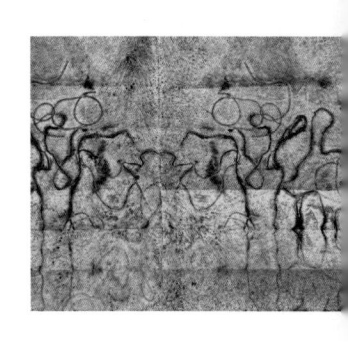

到底计较是个什么东西
互相看不顺眼或是互相竞争
或是不经意的一段话一个行为
或者是个性的互斥

尤其当大家都在一个公司
难免
总是会过去
过去是好事

人是可以活着不计较的
可能不容易

一定是可以的

24

公司里经常有谣言传来传去

谁跟谁不合
谁跟谁一伙
谁跟谁在一起
谁跟谁分开了

谣言经常是在成为事实之前就已经是事实
谣言经常不是谣言

人生难免无奈

无奈来自无力处理
只能回到无奈

无奈表示你知道怎么处理
但你就是没有能力面对

如果你清楚了
那就没什么好无奈

26

每个人都有私心
人之常情
私心有大有小

私心太大就只能开诚布公
开诚布公反而没事

小的私心可能没事
太多小的私心
可能引来隐性的不信任

有私心就坦然面对自己面对他人
可能就没事

私心是可以被坦诚的

27

记得很早以前碰到一位资深主管
为人正直工作认真
对待属下非常有耐心
部门绩效很好取得客户的信任
经常加班到很晚
几乎是个完人

有一天听说他被警察抓了
因为在家把老婆打伤了

大家都觉得不可思议

公私不分
毕竟你还是你

上班好像走上一个舞台
扮演一个角色
随着时间的不同扮演不同的角色

扮演本身就不是生活
为什么上班不能也是生活
可以不是扮演
只是做不同的工作面对不同的人而已

生活与扮演是有不同的

上班是可以诚实以对
为何会做不到
可能是自己的问题
或是环境使然

生活与扮演
并不一定需要去区分
是可以不区分的

区分反而会有问题
公私不分才是自然

出差是正常的工作
这是因为有些事情还是需要面对面

疫情之后好像大家可以习惯不用面对面
确实出差少了很多

是否以后会成为常态
如果疫情成为常态
可能出差就不是常态
区域性结构就成为常态
这就是后疫情的常态
不用常出差

这就缺少许多乐趣
出差可以面对不同城市的景观及历史 *
碰到不同民风的人
不同的食物

以后旅游就更重要
不能只靠出差环游世界

* 以前我有位直属主管是英国人,曾在剑桥学历史,对英法殖民时代的建筑特别感兴趣。他每到一个地方开会,会做足功课。有一次他到上海,走访民国以前所有保留下来的建筑,连上海人都自叹不如。

休假是种能力

一年两次的长假是不错的
七八天或十天或二十天

你可以做许多事
去哪里走走看几本书几部电影

或如何无所事事把脑袋放空
放空才能再充电去除废电
这可能要一些年岁

当然你也可以带小孩家人去找个地方
把自己搞到精疲力竭
看你的年纪

如果你的年纪接近退休大概就不需要休假
因为你不久就可以一直休假了

休假是种能力
看你多大小孩多大家人多大

领导几乎只要做一件事
做对了就可以继续下去

找对人形成团队
形成共识的方向

找对的人
而不是找熟识的人

你有自己的方向
但不是大家共识的方向
这是不同的

做个领导经常会认为你的方向就是团队
认同的方向
相信我经常都不是这样的

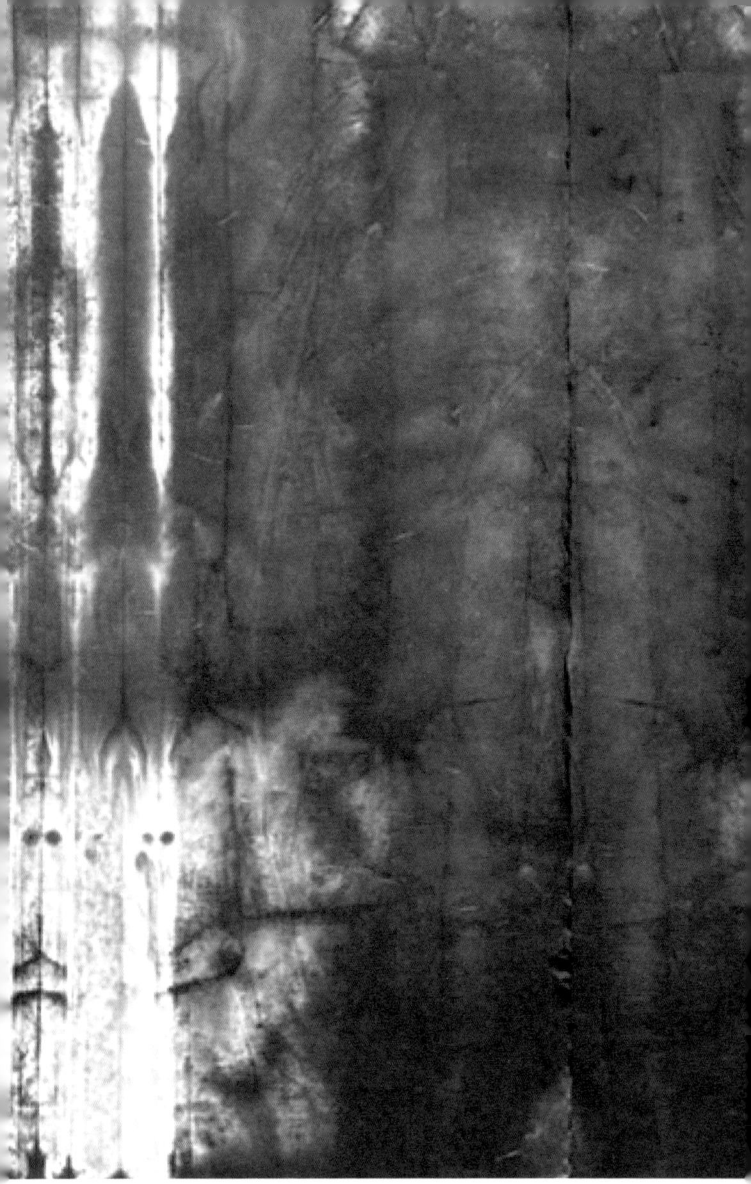

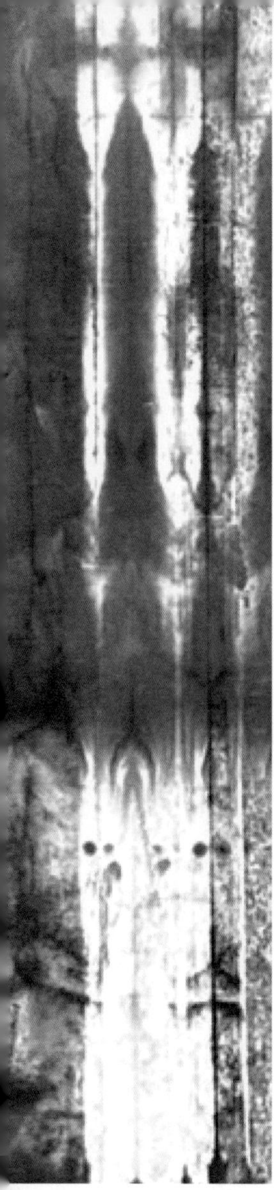

领导是没有退路
没有借口

不是你的决定亦是你的决定

人不好或不适应
如果你不能调整
你就必须认

最糟糕的是由你口中说出
我不是说过应该怎样做
我说过这人不行
等等

公司政治温床经常都是发生在领导身上

我及我们

我必须比大家都强
我的想法必须是最好的
我经常急着讲出我的想法
或常说我以前讲过

我说过
我做过

久而久之我就代表一切
久而久之人就离你而去

设法把我改为我们
把我退到我们的后面

34

时间的借口

不承认不敢面对冲突
就放着等事态的发展

别人已经为了你的决定付出代价
或觉得无奈

时间会解决经常是个借口
时间解决不了根本性的问题

35

生意不好需要阶段性缩小规模
经常困扰要从哪里开始

事实上答案只有一个
就是从平时做起做实

平时就要准备战时
尤其面对人的问题

越好的时候
越要想

66

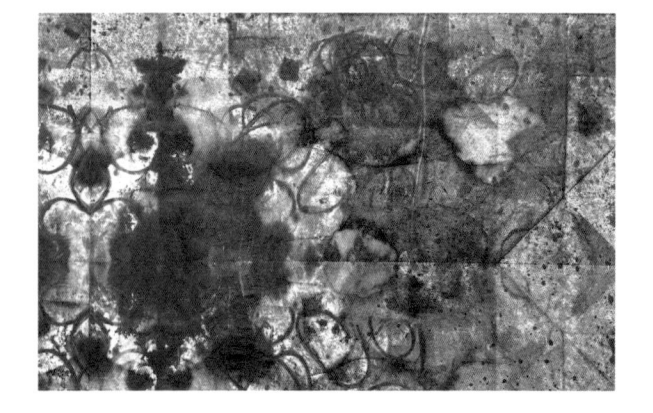

日常

情况不好时想短期
不好的情况太久
等到情况好转
还是只有短期

只有短期的做法
是自毁前程
无论什么时候
长期都必须清楚
虽然现在做不了

情况好的时候
会想长期忽略短期
等到情况不好时
就来不及了

长期短期没有那么不同
短期是日常
长期是三到五年的目标
或更长

定位自己

想要拥有所有的资源
不去看看市场上已经形成可使用的资源

如何有效率地运用外部资源是关键
任何产业都会逐步形成完整的产业链
如何在产业链中定位自己
取舍资源的投资
会越来越是关键

专业及管理

刚进职场专注在职场的专业
过一段时间
你面对的人越来越多
你会发觉管理的能力亦是另一种专业
而且非常不同

有人可以在行业的专业上
不断精进成为专家
有人可以在管理能力上不断增长
同时继续了解行业的专业

专业是保底
每个行业都有它的专业
专业来自知识及经验的累积
不断经由客户的认可及市场的验证

如何在一个公司平衡这两种人
将会是关键

70

看球赛
很好玩
许多人聚在一起
边看边评论

网球单打
看个人心智的消长

足球
看团队的运作默契

公司运作也一样
看个人也看团队

职业经理人
就是打工仔
收入变化不大工作变化不大
如果愉快就不会想太多

碰到不愉快
最多找人聊聊
多数改变不了什么
那就放着

或者换地方
但改变也不大

期待有个地方适合你待下去一段时间

打工仔亦可以做到CEO做到董事长
只是头衔比较大
本质还是打工仔

结构性的问题
经常是个关键

只是你不想面对
不想面对的问题从来都不会消失
它还是会回来
问题还是问题

当小团队要独立于大团队
经常以失败为终
当人与人不和终究是要走一方
之类的

想清楚就好就不会挣扎
但也确实不易

42

我们很容易进入规模的竞逐
生意要做大要带更多的人
规模可能是必然的
多数人是不抗拒的
或无法抗拒的
这是人性的一部分

追求规模
进入竞逐
反反复复

有时需要暂停一下
回到你要的是什么
跟你在一起的团队要什么
规模是不是必然的

虽然有时你是没得选

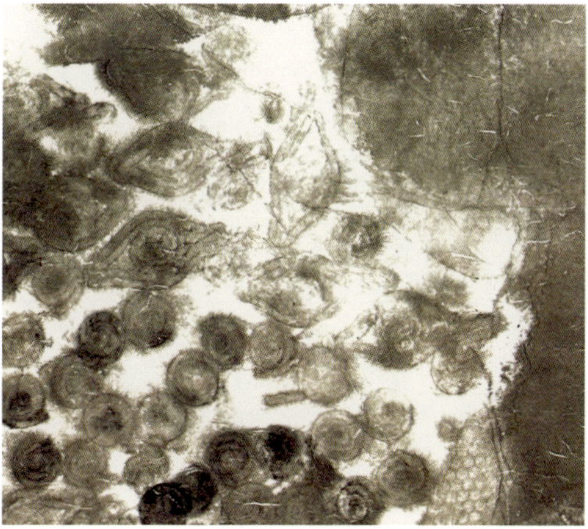

升迁是重要的
有时是事情本身的需要
有时是人的需要
最好是两种需要同时发生
但最好的情况经常不会发生

升迁经常造成公司的变动
可大可小

预见的能力是重要的
经常我们都慢一步
等到人要走才决定升迁

经常看到的事
经常发生

没有人准备好要被升迁
如果有就是离开时

头衔有两层意义
对内到底你是干什么的
对外代表着世俗的观感

对内可能更为重要
做什么你是否清楚
你带领的同事是否清楚
你是否感兴趣
你是否可增长

难免我们还是会被世俗影响
很难说服自己头衔不重要

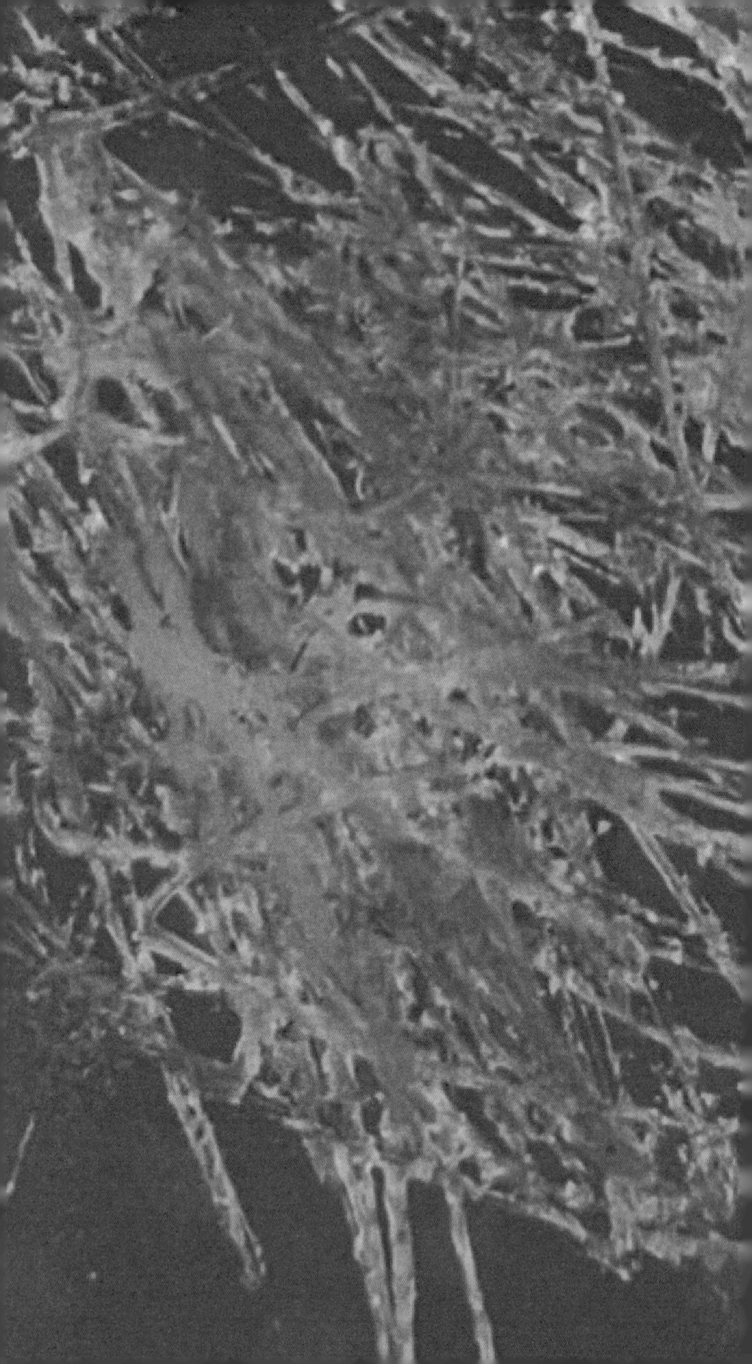

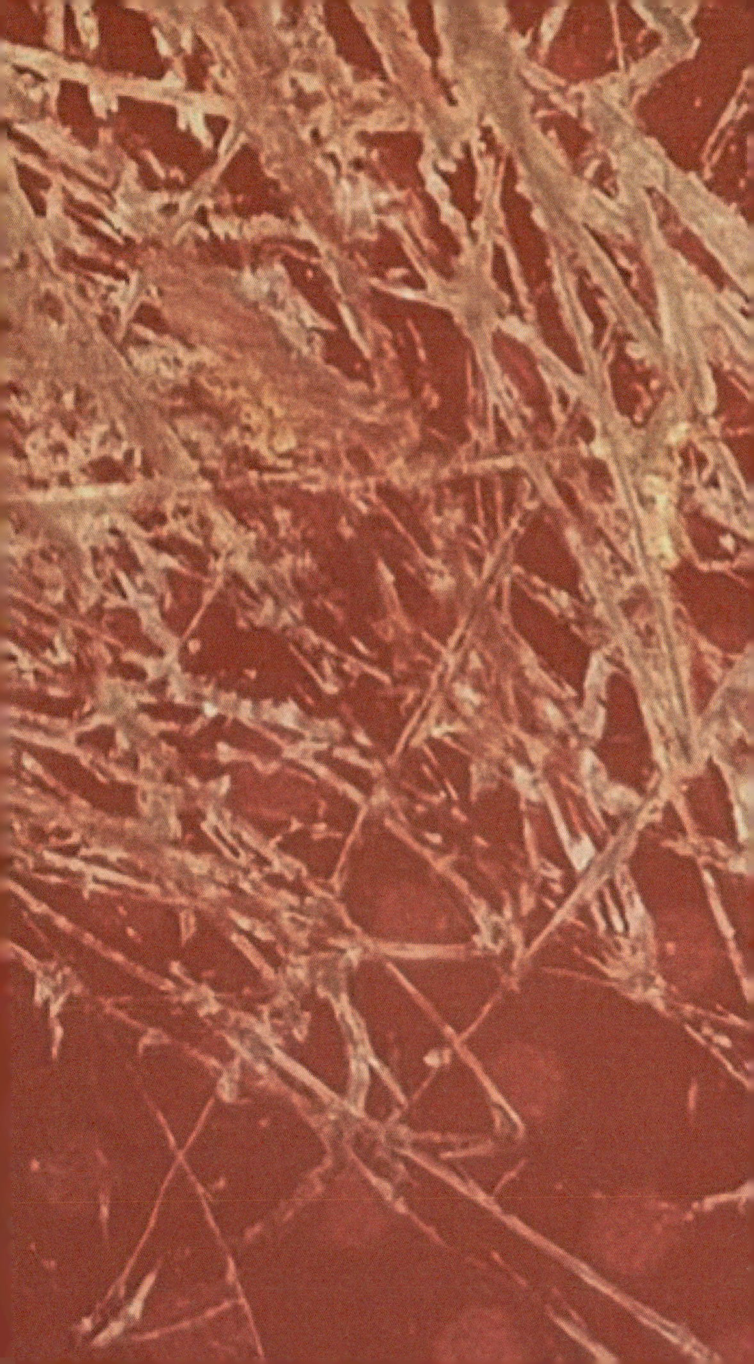

今天被要求离开公司
自求多福

想不通为什么
又没有前兆

这好像经常发生

虽然大家都知道请人离开是正常的 *
但为什么碰上的人不认为是正常的

个人感受与公司行为的差距
经常超乎想象

差距是可以解决的
只要平常有作为有勇气去面对

同理心
面对个人感受还是关键

---

* 不知什么时候变正常,以前走人是因为他做得不好,不是因为生意不好。

45

政治来自
自然形成的对立面
却无法自然地互相包容

竞争亦是政治的来源
谁上就走一批人

公司的戏码多年来都不变
但大家还是活得理直气壮

源头可能是有人活得不理直气壮
而不自知

改变是勇气

多数时候你都知道需要改变
只是你没有勇气去行动
给自己时候未到的借口

许多时候都是这样的
升迁加薪
结构改变变大或变小
或走人或创业或退休
等等
都是改变

经常都太慢了
经常都是勇气不够
或是底气不足

也可能是一念之间
在勇气及底气之间游移
经常自己都说不准

不一样的有段时间

有段时间
好像都在做一样的事情
不断重复
得心应手
不觉得累
还蛮高兴地过活
可能就这样走下去

但总觉得有什么
不对劲

开始怀疑
是否就这样走下去

顺利的时候
才是改变的时候

割舍有时是必要的或是必然的
大家走在一起
难免有些人会掉队或脱队
虽然难免
但太自然去接受会是问题

总是有些缘由

较长时间去看这些缘由
可以看出你的团队的基本问题
可能没有好坏

缘由经常是重复上演

每个公司都有基本的限制
不能这样不能那样
小公司可能来自主事者的习性或看法
大公司可能也一样
但大公司更会被社会环境影响
或是被所在国家或是股票市场规范
清楚来源
你就不会挣扎

上班不迟到
有一天,重回加班的感觉来
冲着 我们只是想一起干点牛逼的事
又离年关一起了

用美善良

时间的借口,借手
给你自己 手如及暴瞳 重拾善意 敢不放弃人

我们还会留着被人嘲笑的勇气 并尊重着重要的关系

每个人都有着未来的朋友

借人与人 真心待人 关心的是事 做了
继续开道 现如今不暴 另一的核心的一三言 都要告诉一个做
好像很长的时间没有我的存在 远离再美美化的灰忽然后 意情 小孩的乃喜了
明天的各类多繁音音繁情的 他说 每个人你接触身上回的深沉 有每个这
那么

可以算一下你身边有共沉迎在我们眼中有什么意义

北京北

老婆
回错好任 也是三餐 无论事情在所谁谁 每天早晨上习惯情更为电视
工作我们都需要的 活着 接班 说你的需求
小吗慢的相信 你来在得上 第二篇章 Next Chapter 路 一下,"挺好了"

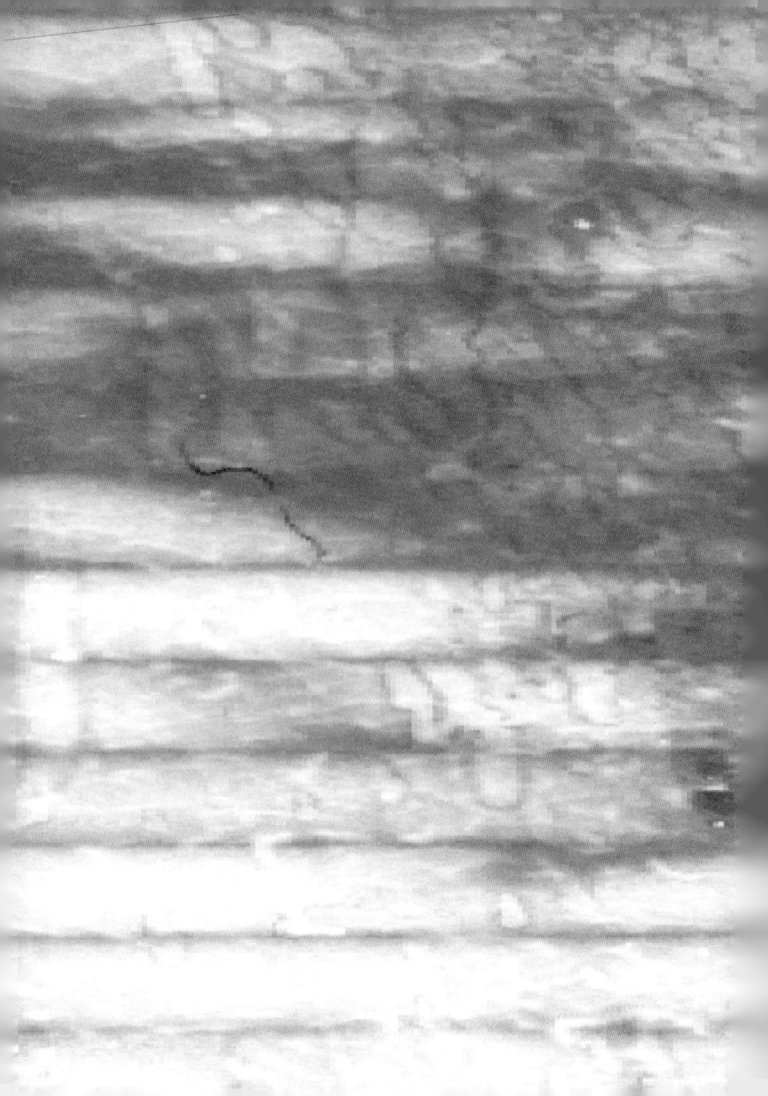

决策

决定来自你有清楚的策略
所以才叫作决策

经常形容灵感会稍纵即逝
灵感来自深层的思考及经验
就如火山爆发的前兆
所以她不会稍纵即逝
她会回来的
杰出的创意
是有厚度不是无中生有

努力工作努力玩耍Work Hard Play Hard

这是句老话
在当年影响几代的职场年轻人

当然跟体力有关
也跟你对工作的热爱有关

或许当年有个乐观的社会氛围

只要你努力就有回报
努力工作也要努力玩耍
才能身心平衡
才能体认活着的价值

这种单纯好像不见了

54

男人与女人
有时分别蛮大的
但也不一定

我们还是容易受到时下观点的影响
女人比较专注
男人比较想东想西
女人比较爱恨分明
男人比较和稀泥

或许有些真实存在
越来越多的公司越来越接近一半
甚至超过

那只能靠或然率了
或说接受这个必然
之后
我相信会是个不同的世代

尊重个人
就是有同理心
做到
就是尊重个人

尊重知识
就是有方法去累积经验形成知识传播出去
我们经常忽略有方法去累积知识

尊重创意
就是不断地挑战自己及团队
昨天就是昨天
今天必将是不同的今天

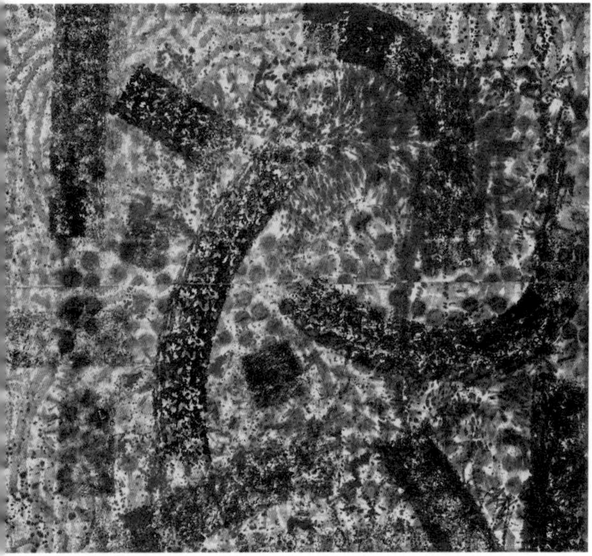

文化的延续

文化来自核心团队的共同理念
然后落实在日常工作的行为
逐步形成文化
固化理念

文化延续靠的是团队
团队变动决定文化的延续
文化没有好坏
来自团队的共识及行为

有人就有文化

客户到底是什么
是一个人是一群人
或是个人或是一群人

个人就跟我们一样有七情六欲
一群人就是客户的公司文化及决策机制

面对客户是有趣的事
从来没有碰过相同的客户

客户不是名词客户是个人
你碰过相同的人吗

归类是危险的

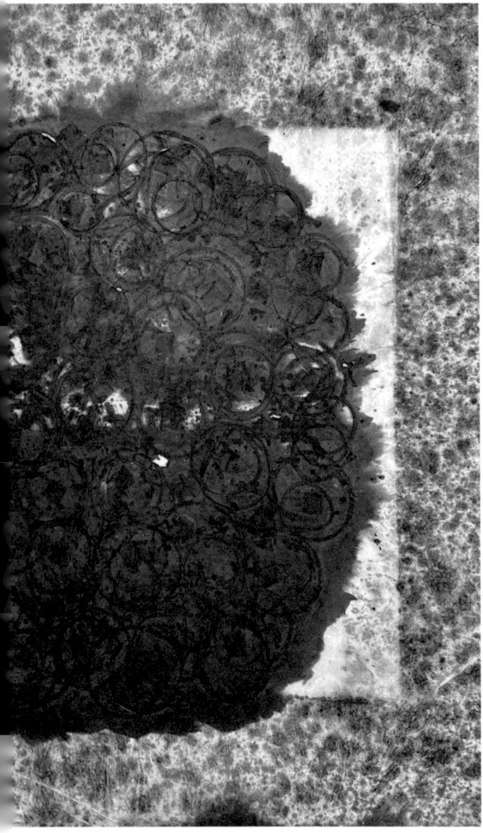

行业的朋友
虽然竞争还是会有
但维持同业之间的交流是好的
共同学习是好事
我从来都不相信有机密这事
被学习是好事
也是促进你再次突破的推动力

职场生涯

五年

待了三到五年的阶段是最容易出走的
有种例行的重复
会让你往外看
寻求改变
看似正常
亦不正常
这是个普遍性的门槛

十年

不容易的寒窗
似乎该结束了
或是做个改变
不然就一直下去
直到退休

十五年

还在做一样的事情
或一样的公司不一样的事情
这个时候应该是最顺手的时候
如果不是
就应该做较大的改变
换个工作或换个公司或自行创业
重新来过
免得太迟

二十年

我们没有多少二十年
可以开始规划退休之后的二十年要干什么

五、十、十五、二十
也可以三、七、十四、二十五

因人而异
大同小异

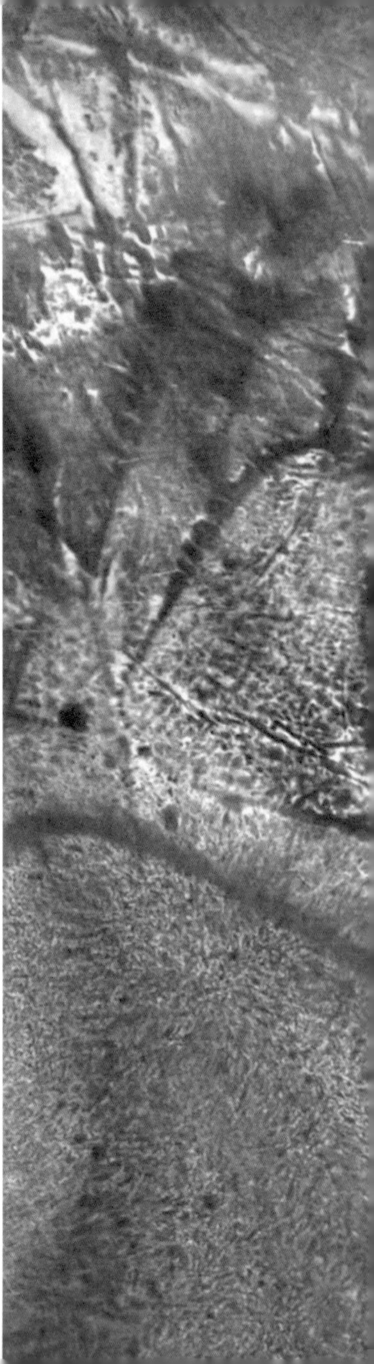

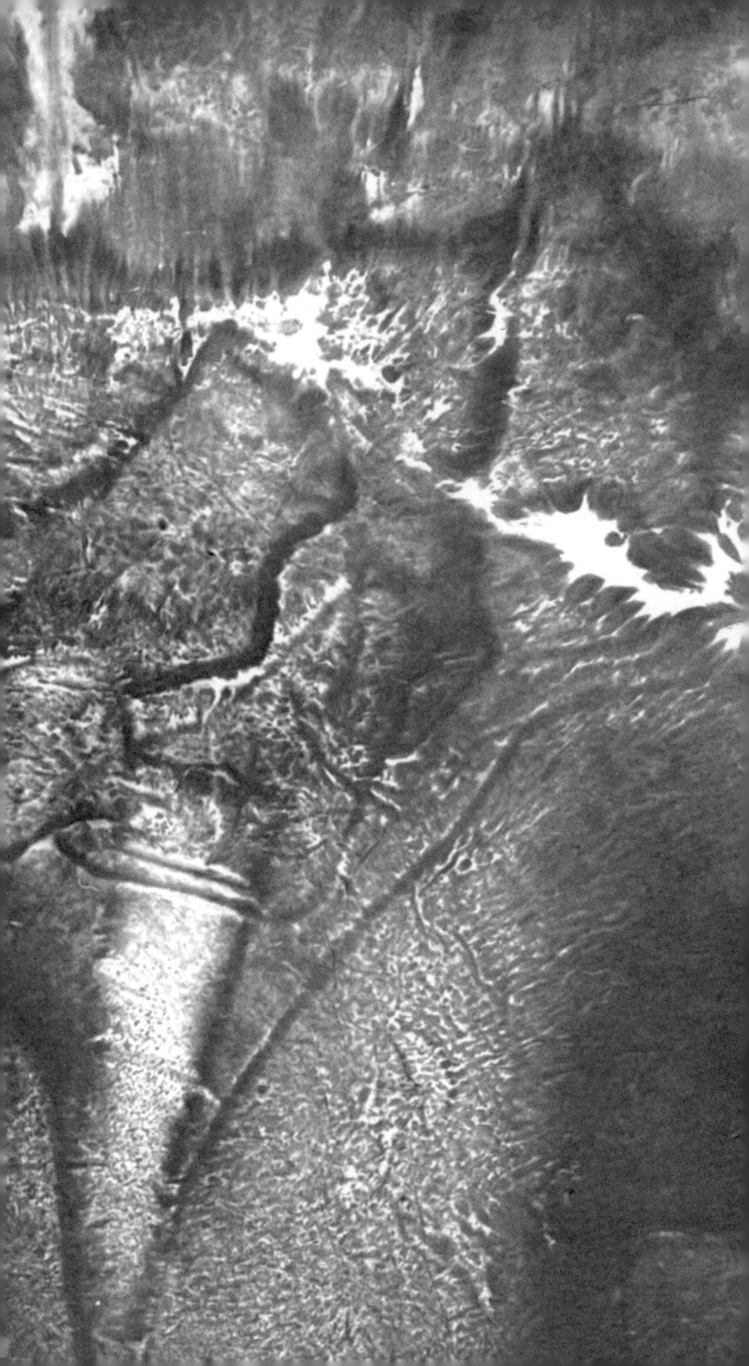

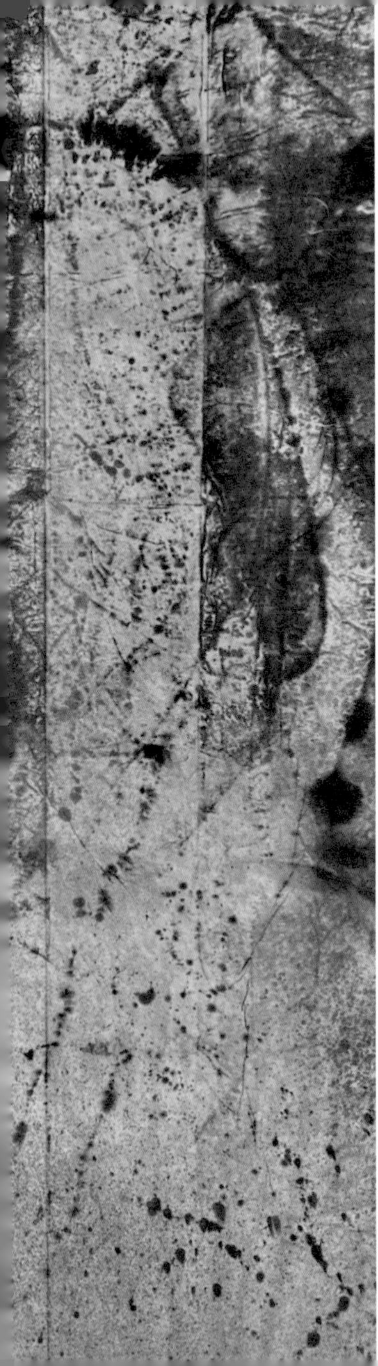

商业的本质

让人活着有成就感
让人愉快挫折
让人交到朋友
让人赚钱有钱看病
让人成家安老

可能还有其他

61

另一阶段的一日三餐

午餐
一天一次可以缓一缓
可以慢慢吃可能日餐较好
可以坐外面更好
不要吃太多保持脑袋的轻松
下午才是重头戏

昨晚又搞得太晚
不太肯定是否搞定
我从来就不相信搞定
当然日子还是得过

大约十点来公司快快处理一些事务
然后慢慢地午餐
下午才是重头戏

晚餐
工作了一天该下班了或还要加班
不管怎样还是要晚餐
可能与同事或客户或朋友

晚餐比较不一样
因为天色暗了
天色暗了会影响你的心情
会影响一起晚餐的人的心情

心情的变化
会让晚餐不只是晚餐
但目的性还是不要太强
我不相信吃饭可以搞定事情
还是顺其自然
吃个愉快的晚餐
有益于大家的健康

早餐
长时间以来都不吃早餐
喝杯咖啡就走出家门
除非出差住酒店就会吃早餐
在酒店有人帮你准备好
不吃好像有点浪费
但还是不常
可能还是跟昨天晚上有关

家是另一个职场

可能是更困难的职场
更需要去管理
或只能顺其自然
走到哪里
就到哪里

该分就分
分不了就只好走下去

但总不能一直下去
重新来过还是必要的

长时间不作为
会固化成习惯
然后
借由习惯
走出一番天地

许多公司也是这样

好像很长时间没有周末的存在

不知什么时候才开始有
大概是四周的朋友开始有了小孩
有了小孩就有了家就有了周末

年轻的时候没有周末会是个常态
不觉得那天有差别
每天过着与工作延伸相关的生活
没有想到过周末的存在

周末是为小孩而存在
小学之前
或者可以为了与工作分开而存在
但是强行分开不太可行
一致性还是会在

慢慢地
才会开始有周末
什么时候
人各有异

64

恋情是美化的过程
欲望的强化
美化会成为平常
欲望会逐步弱化

似乎是不可避免

不只是恋情
工作也是
如何创造不断的恋情
在工作中尤其重要

爱情
来自感动
来自美的意象的感动
来自语言的感动
来自刚好交集到你的关注的感动
当然肉体的吸引是个基本的感动

爱情向来就是短暂的
如果长久会把人累死
只是很少人会承认
所以才会有情人节
才会有金银钻的纪念
必须有形式来维持
商人是懂得的

老一辈听到婚姻有问题都会说
生个小孩就没事了
这是有洞察又残忍的建议
新生儿的感动及能量会转移许多事
而且会持续很长一段时间
孩子的事占据了一切
边做边形成共识
自然而然或被迫由情人夫妻过渡到父母
责任的沉重自然地背上

为什么身为人就必定会重复
因为每个人都是一样的人
没有人不是人

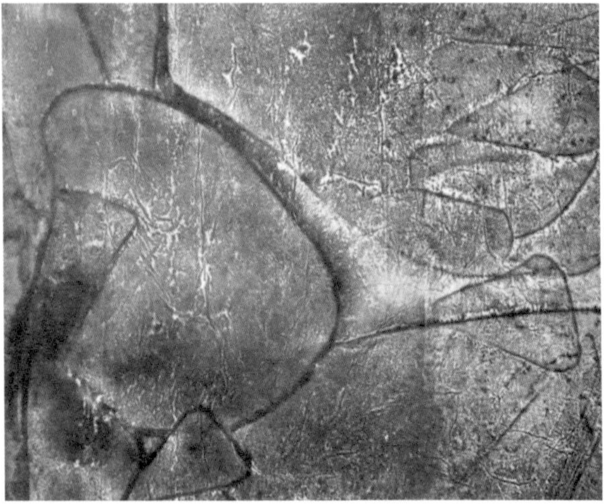

小孩的力量无可取代

小孩的纯真
小孩的微笑
小孩的眼神
无形的力量
看着你的眼睛直直地看着你
不会眨眼不能躲避无法躲避

小孩的力量不可抗拒
你必须准备
小孩的力量你只能屈服
不要随便让你的精子四散
不要随便让你的卵子接收

这是我们人类世世代代不断演练的历史
好像没有完了的一天
好像没有清楚的一天
必须说可悲的人生可喜的人生

小孩的力量你只能屈服

朋友的老婆多数是全职妈妈
尤其有了小孩
都经过一段时间的磨合

全职妈妈势必主理所有的家务财务及小孩
坦白说不比经营一家公司事少

有时我们会认为家里的事小公司的事大
常常这是争吵的来源

全职妈妈是家里的董事长
不比你公司的董事长小

想清楚就好

伴侣

年纪大了
难免有过几个伴侣
每个都有不同时空不同际遇

走过之后再回过来
似乎是有一致性

在公司也是一样
你合作的团队也是有一致性

人毕竟还是重复的
改不了本性

记得有个社会心理学家做过一个调查
问你以前的异性朋友
是否有哪些不同
回答多数是每个都不同
追踪之后
发现相同高于不同

114

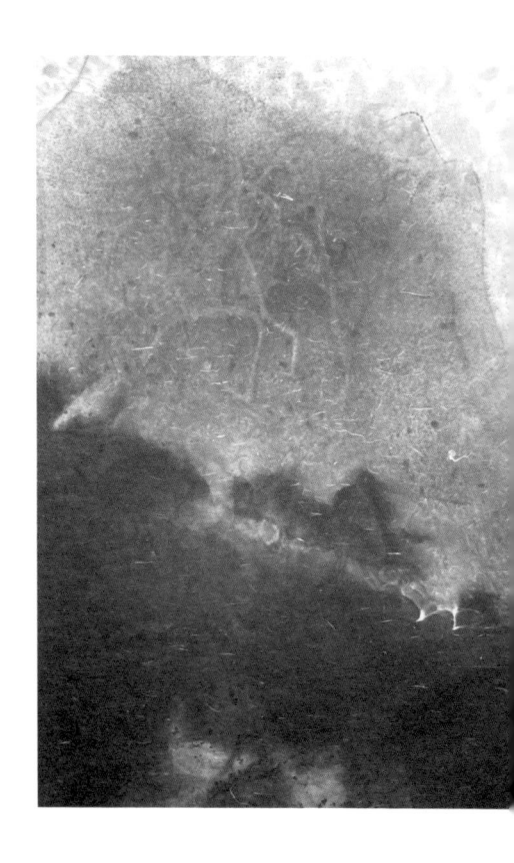

每个阶段都有不同的酒友
有些成为长时间的朋友
有些过一阵子就不联络了

但情谊还在

会是酒友
或许是偶然的因素碰上了
互相需要
可能某段时间想找人聊聊
刚好就碰上了
形成某段时期的惯性

某段时期情感的困扰
某段时期工作的困扰
刚好碰到了

酒友不一定长久
确是深刻的
再碰到虽然不是经常性的酒友
当时的因素不在了
纯粹喝酒还是愉快的

70

每年都有生日要过
天经地义没办法
身为人就得过

小时候爸妈给你过
慢慢知道什么叫作生日
长大之后有一段时期自己过

之后开始有朋友一起过
再加入你的家人
可能是唯一的一天以你为中心

之后就会让你去想你活得怎样
又过了一年
长进了吗要长去哪里

这就是生日的强迫
还好一年只是一天

可以算一下你单身在活到现在的占比是多少
多数人应该是少于三成
这差别在哪里
可能差别在于是否够自私或够洁癖
或是放弃了自私及洁癖
或是没有能力自处
或不敢一个人过活
或是没有能力找到伴侣

多数是没有能力面对孤独

71

120

72

朋友

我们借由逐渐靠近
谈话之间靠着不同的经历及记忆
进而有个基本的信任
而觉得是朋友
虽不是很明显
慢慢的是愉快的事

我们都有很多种朋友
有男性有女性
有一起长大的朋友
有长大才碰到的朋友
有在职场碰到的朋友

朋友是宝藏
当然有时也是麻烦的来源
这也是宝藏的代价

一起长大的朋友
大家都各奔前程不易碰面
或许一年一次多数是过年

记得有一次我们十个一起长大
四十年的好朋友聚餐
忽然发觉坐在我旁边的一位老友不动
有位医生老友高喊马上让他平躺
结果太迟了走了
之后我们所有人一起去了医院
又到警察局做笔录
直到清晨三四点走出警察局
大家都不想回家就坐在警察局门口的台阶
一语不发
忘了是谁说了句话
他妈的那么多好友送他一程

在台北火车站的前面
炫丽的阳光
几个好朋友搭上火车不记得去了哪里

只记得单纯的愉快单纯的幸福
过了许多年还是清楚地记得

过日子是个累积
日子不断地过
不断地往身上背东西
不知不觉不知何时感觉到了沉重
不知何时没有那么轻松

有时会想回到过去

但我们的世界已经不一样了
我们的身上背负了许多东西
多到找不到地方放
空间总是不够大

越想回到过去越回不去
你必须知道
事情是不可能重新来过的

在台北火车站的前面
炫丽的阳光
搭上火车不记得去了哪里

只记得单纯的愉快单纯的幸福
过了许久还是记得

吃什么看你跟谁去了
跟老婆去
日餐或广东菜
跟小孩去
意餐或日餐
跟自己去
马赛鱼汤或牛肉面

没什么好怪

我一直想找个餐厅
可以自己走路到
走进去每个人都认识你
好像是自己家
有什么新鲜食材
煮什么都可以

希望可以找到
应该可以的

音乐几乎是我的第二生命
还没有过没有音乐的日子
小时候早上被父亲放的歌剧吵醒
不是那么愉快
以至于很长时间不听歌剧

高中面对摇滚的风潮
激动的岁月
理解了音乐及文字的诗意及情感
摇滚带来雷鬼带来爵士
爵士把我再度带回古典及现代古典
不知何时早上也开始听歌剧了

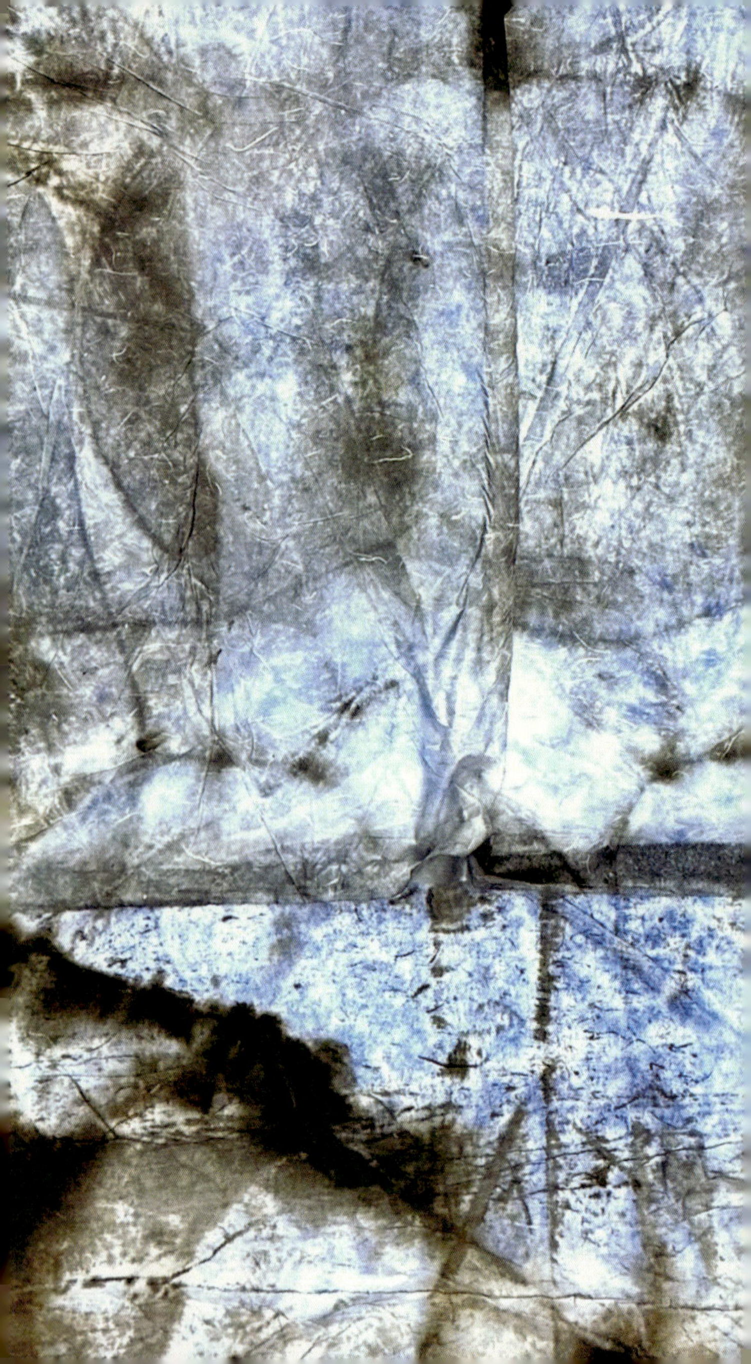

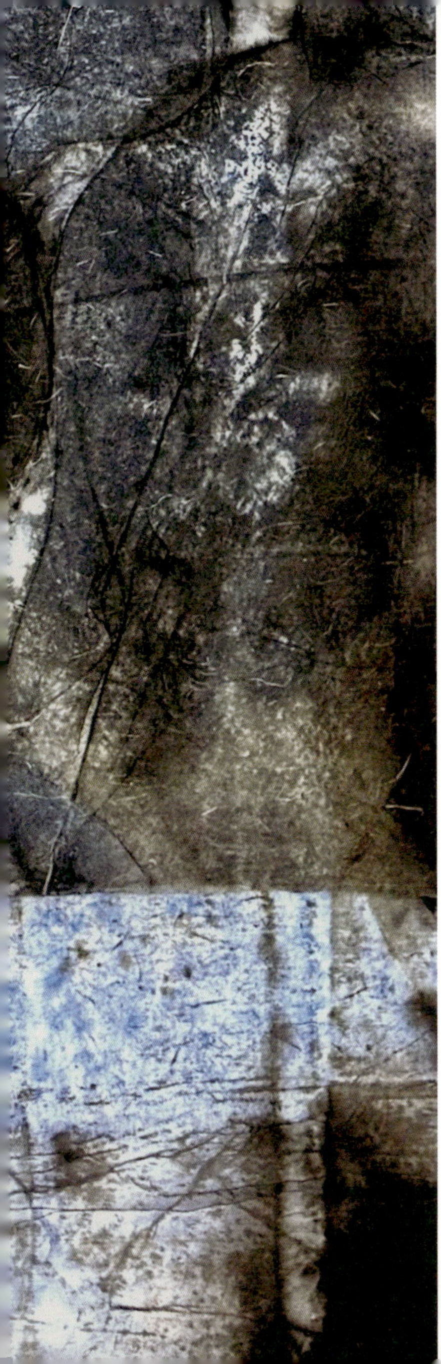

不知何时养成边听音乐边工作的习惯
久而久之
变成没有音乐就无法专注

自然而然
不同类型的工作
习惯不同类型的音乐

需要定下心写东西时
最好是弦乐或女高音歌剧选曲
需要发想时
最好是爵士乐
想不出来时
最好是现代古典或现代爵士

音乐是种依赖

朗朗上口的旋律
越来越少了
有时会想世上感人的旋律
都被写出来了

可能我们要试着去听较为没有旋律的音乐
现代古典或现代爵士
或许现代的旋律是不同的

如果你无法适应
那就继续贝多芬

你也可以试试巴赫
你可能会发觉巴赫很接近现代音乐

常被问
你最喜欢哪部电影
你最喜欢哪个作家
哪本书影响你最大
哪种音乐你最喜欢
哪个音乐家你最喜欢
哪个人影响你最大

一堆最的问题太常碰到

想想好像我是一个没有最的人
世上有太多美好的事物
但为什么那么多人问最呢

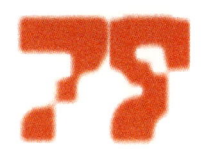

酒是好东西

对一些人来讲
酒会让人更开放更包容
久而久之你会依赖酒来开放自己包容自己
久而久之没有酒你就不会开放自己包容自己

酒鬼的前兆

抽烟

维持你的存在
提醒你的存在

维持你的思考
提醒你在做事

抽烟是惯性

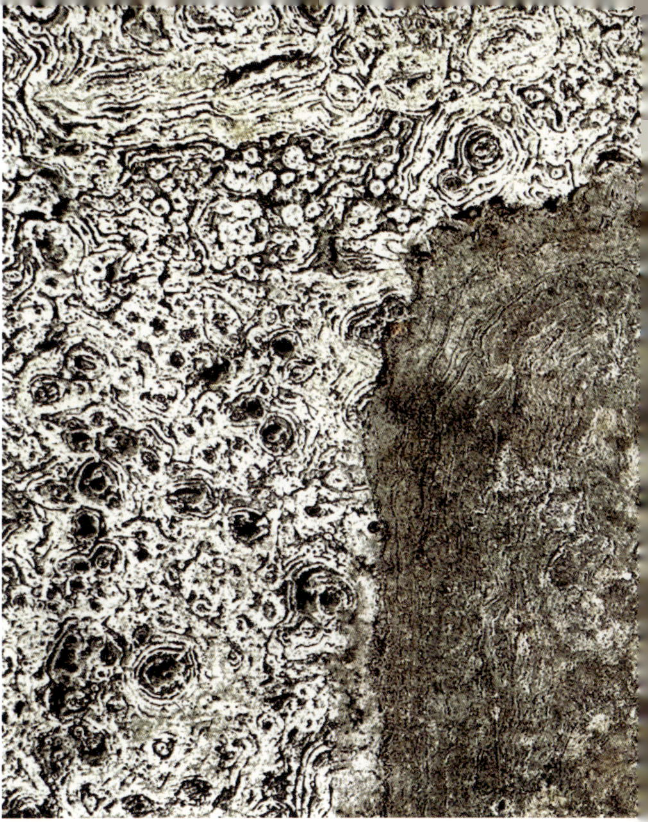

走进吸烟室
几个人经常是上了年纪
含有某种默契
接受我们是被唾弃的一群

维持一些惯性是好的

小至几点上床几点起床
大至如何面对不同的工作不同的人
什么时候保留一些时间给自己
什么时候会到酒吧走走

成长的过程会逐步调整你的惯性
成长来自职务的调整工作互动的变化

成长亦来自有了家庭
家庭及工作互动的惯性更为需要用心去调整

惯性必须有亦必须逐步调整
它是好的

惯性并不代表一成不变
偶尔会被突破
如果是惯性还是会回来
不然就突变为另一种惯性

北京的四季

秋天的夏天
秋天是最好的时光
阳光直接洒照温度刚好
当你觉得过热时就会有一阵凉风吹来
这就是北京的秋天的夏天

春天
算不错
就是柳絮多了
风大时跟下雪一样
都在说要治理
但是改变不大
还会有沙尘
慢慢地越来越少
这是进步
但不知道代价付了多少

夏天
不用多说
快快过
晚上还可以出去走走

冬天
也是
快快过
早上如果出太阳
还可以出去走走

初到北京的下雪

下雪的兴奋
下雪的愉快
不知为什么

下雪很快的
把什么好的不好的
把什么肮脏的干净的
都覆盖了
成了纯白
没有人触碰过的纯白
终于明白了
纯白没有触碰过的纯白

没有受过欲望的污染
没有受过人性的残害
没有受过尘土的覆盖
没有受过世俗的感染

下雪就会愉快

北京在家的日子

大概就是夏天及冬天了
这就够长的
家还是要整理一下

我们都被迫着过活

这也没事

台北好像没有四季

冬天冷得要命
不是温度而是湿度

夏天热得要命
不是温度而是湿度

问题是春秋跑去哪里
当然还是有的
就是短到感觉不到

初到北京时
才感受到四季分明难得的愉快
才了解到湿度是情绪的来源

走进餐厅
这似乎是经常面对的选择
到底要去哪里
不想重复想去新的地方
期待不同
但经常是失望的
尝试很多次
还是回到那几家老地方

我常在想是不是你的问题
因为你已经够老了
经不起折腾

老代表固化
代表惯性
尤其是生活

所以你每次碰到这个问题时
不再发表意见
期待碰到惊喜的地方成为常去的地方

但还是回到那几家老地方

在这么冷的天气
还有暖和的棉被
还有暖气
出门走在街上
走进家门

在职场上碰到新进的员工
尽力地培养
发觉她成长快速
不断承接工作

碰到好客户
共同解决问题
尊重各自的专业
产出好的作品

今天天气真好
走在街上
你会看到地上的阳光

感谢上苍
我们有太多事可以感谢
只是我们没有这个习惯

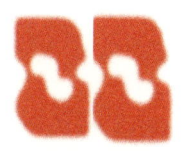

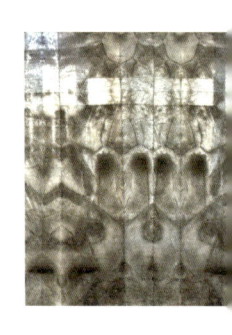

回想过往
你的成长受到许多人的帮忙
或是提拔或是认可
经常你不觉得

有时你的只言片语改变了一个人的走向

我们总有些难关要过
不自觉地就过了

那是你的幸运
学习感恩

也是三餐

早上起来饭后要吃药三片
所以早餐就吃饼干求个方便
感觉好像吃药是正餐

午餐就想找个地方
好好吃

晚餐就随便
跟着家人吃
饭后还是要吃药一片

想想如果中午也要吃药
三餐就成了药餐了

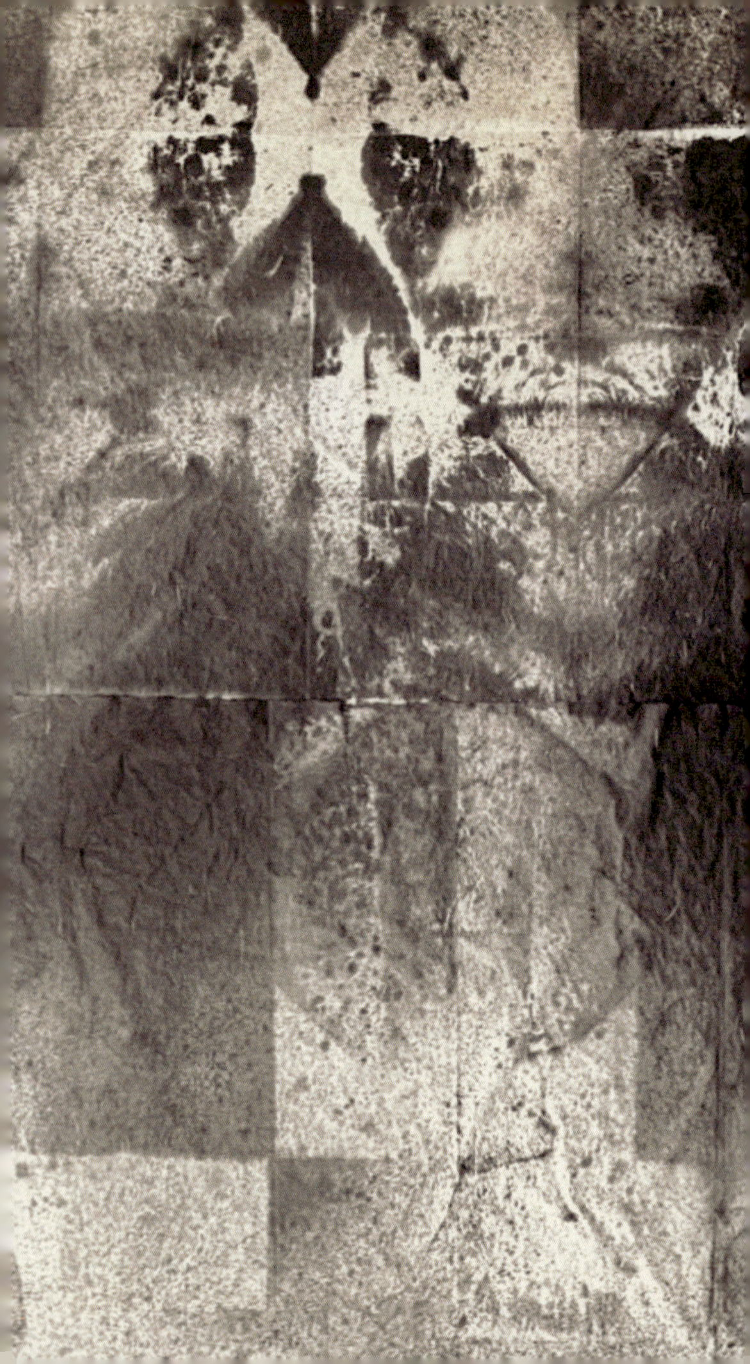

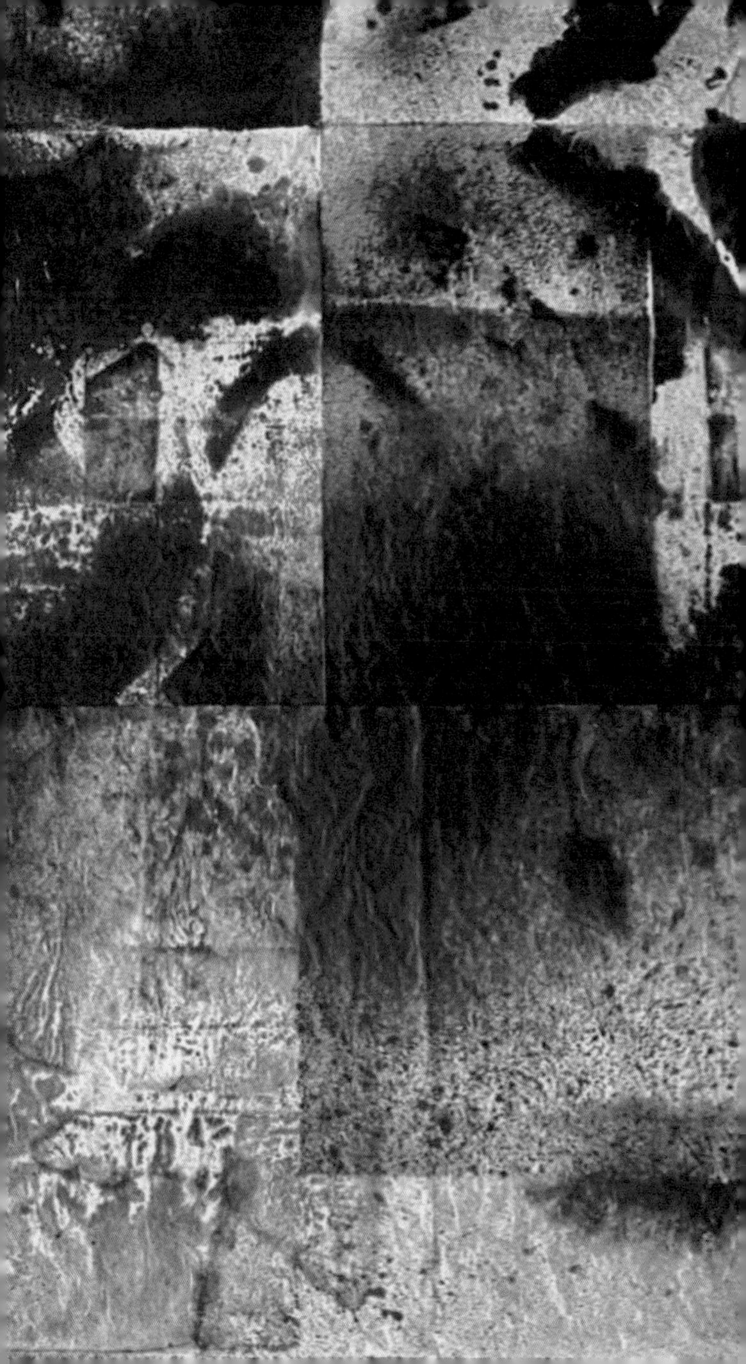

忘记事情在所难免
有时会造成一些困扰

对自己对别人
尤其是忘了别人重视的事情
还是找个本子记下

但是
有些事情是不会忘记的
有些事情确是过目即忘

每天晚上习惯性面对电视
有一天你发觉
电视都在讲一样的事
你老婆也在讲一样的事
你小孩也在讲一样的事
你也在讲一样的事

重复一样的事
在重复

但有许多人不觉得是重复
因为你已经走过许多
就只能重复了

有时还是会挣扎一下
挣扎是因为还不够重复
或还有遗憾还有后悔

活着不后悔不容易
所以只能重复

如果只能重复
那你试试看
是否你能不重复

可能借着重复
慢慢地就不遗憾不后悔

我们都需要借口
不知道是谁发明了借口
本来我们都可以明明白白地活着
谁知道渐渐地你得靠借口来过活

你可以有很多借口随手拈来拈不完
我在忙忙着准备考试忙着准备明天的活动
忙着开会忙着照顾爸妈忙着照顾小孩
忙着参加座谈会忙着参加演出忙着没有结果的约会
忙着跟客户开会忙着跟朋友的碰面
忙着参加不知是什么的晚宴
借口真多借口随手拈来

我们都需要借口
不知道是谁发明了借口
本来我们都可以明明白白地活着

151

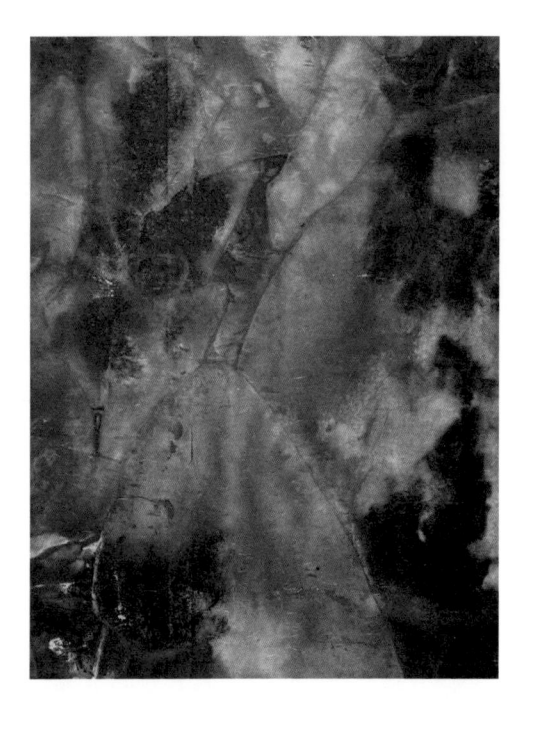

工作我们都需要的
虽然我们需要工作
但工作不一定需要我们
到底工作是跟什么有关

跟你的收入有钱赚有车开可以过活
跟你的朋友有话说有交流可以过活
跟你的家人有保障有借口可以过活
跟你自己有不足有不满可以过活

工作我们都需要的
虽然我们需要工作
但工作不一定需要我们
到底工作是跟什么有关
或许大概就是活着

退休

可能你不想做了
不想再继续重复
或是有些压力来自对自己的质疑
或有来自他人的质疑

有些单位有退休时限
到了就走
反而简单

私营单位就有弹性
反而造成困扰

提前想想是好的
到底退休之后要干吗

我年轻时不想根本不会想
如果我年轻时就想如何退休
会不会就不同
可能会

接班

经常不是你可以决定
就算是你的公司也是
从来就没有完美的接班人
如果有
是你的幸运也是他的成就

过渡不一定是必要
不宜太长
越短越好

之后
就不是你的事

155

退休的常态

什么时候退休
或是什么时候开始想退休
到底什么事是你退休之后想做的

是否清楚
是否越来越清楚
而不只是个想法而已

而且退休前就可以开始行动
有行动才会越来越清楚
没有行动就只是想想是不够的

多数人都会活得很长
而且会越来越长
这会是个麻烦

工作是个常态
你可能会抱怨
在抱怨的同时你是依赖这个常态
退休会更为依靠这个常态
不同的常态

常态是一种惯性
常态可能是我们存在的基础

小时候的相信
就会一直相信
就会成为今天的你

你还是会抗拒
有时不敢面对

会有重复
会有挣扎
逐步
成了你

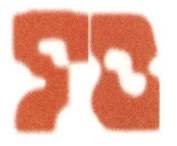

你走在街上
凤凰树的红色被阳光穿透洒在柏油路上

你是没有母亲的小孩
你不知为什么
你觉得一定你是不好的小孩
所以才会与别人不一样

母亲节到了
在教会聚会庆祝母亲节
有妈妈的小孩带红花
没有妈妈的带白花
经常就我一人带白花

不知为什么
一定你是不好的小孩

不知为什么
你就相信了

第二篇章 Next Chapter

下个篇章
是否重新开始
把以前做不到的因素拿回来
重新澄清限制的因素
清楚之后
再走下个篇章

是否可行
再说了

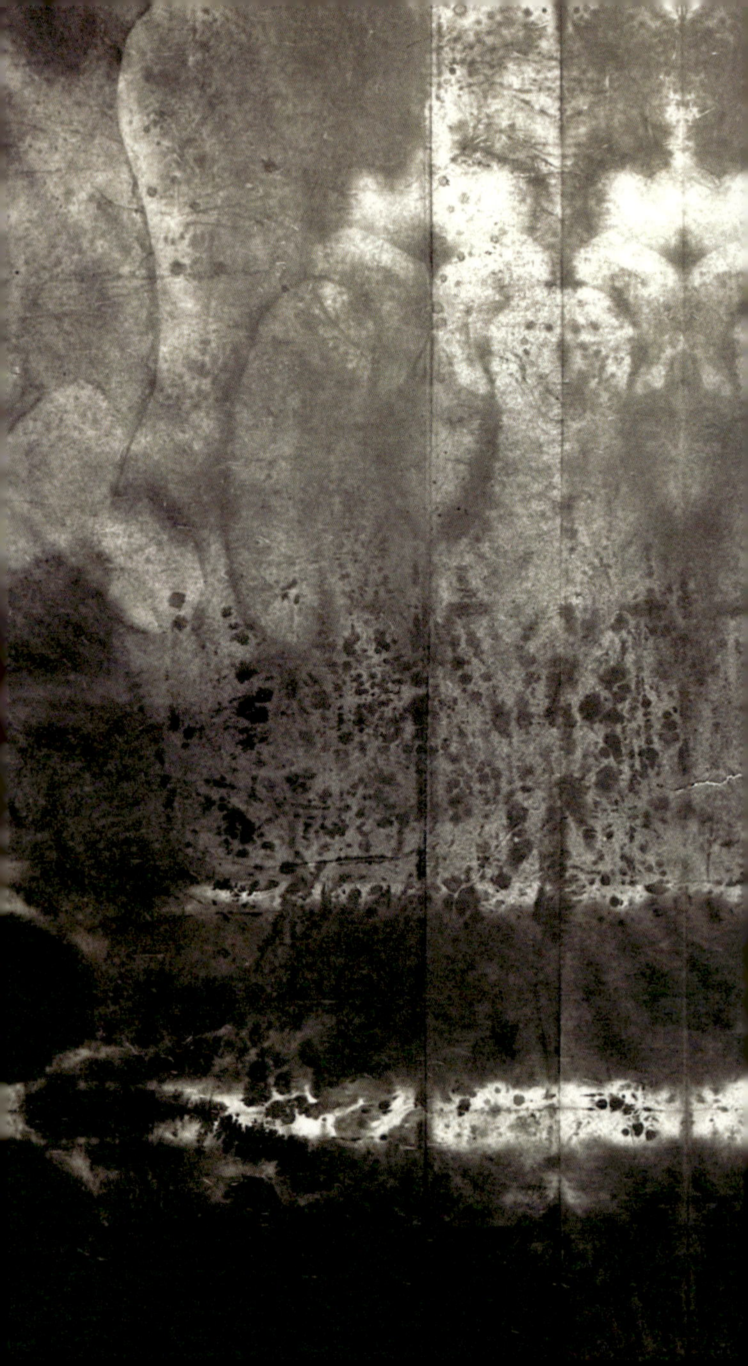

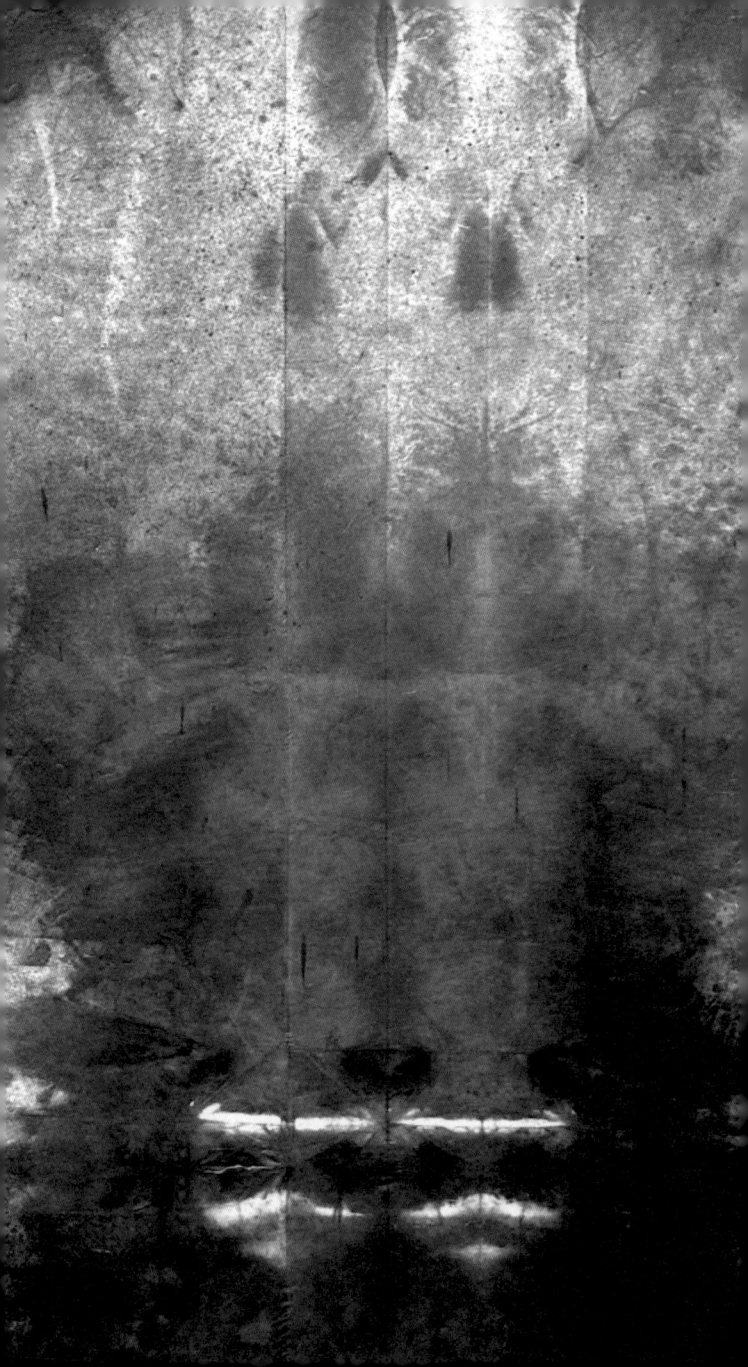

跋
一个"滥好人"

苏菲，文字工作者

我大概是最后一拨读到TB"诗作"的他的若干熟人朋友之一，也可能确实是最后一个。这本"诗作"折腾了三年多吗？保密工作做得真好。

抗拒可能是相互的，就是他很不希望被我第一时间读到他的文稿，而我，当知道没有成为"第一读者"时，也不想去读了。我自然喜欢被当成第一读者，它除了代表确定一种亲密关系，还代表了某种被认可以及被尊重，所以当我得知我没有有幸成为他私人写作的第一读者时，我的逆反心理便被激发出来——我也不想读了。我还是多少有些感觉到被轻慢或忽视，就是他甚至没有希望从我这里得到一些有建设性的意见，我总也是从事过文字工作的人。也因此，当他希望我帮他写"跋"的时候，我才第一次收到完整的诗稿，这已经是在诗集确定出版并即将下厂时了。但即便如此，我也没有立即去打开那个文件夹，我一直在读和不读与写和不写之间举棋不定，直至拖到今天，拖到不能再拖，我才决定参与到他的人生之一件有意义的事当中去。这样一本对于他很重要，费心费力完成的诗集，发行的机会也许只有一次。过往经验曾经无数次地教训我们，人生中的大部分后悔，是彼时没有去做一件事，而不是做了。

我多少了解他的文字习惯，他的文章不时地呈现一种偷工减料之风，简约到有时甚或语焉不详，但也许诗这样一种形式恰恰契合了他某种大而化之或"不求甚解"的行为作风，所以当我全部读完之后,我惊讶于他可以写得这样好,我甚至觉得篇幅短了,可以再多写一些的,或是继续写下去。

TB为人,基本上跟我差异颇大,比如成长背景、文化形成、建立价值观的年代以及兴趣爱好甚或眼界什么的,但事实上,世界上真有完全如模板般复制的男女关系吗?如果真有,也烦。我第一次见他,是和一群朋友一起,喝酒聊天,蛮愉快的,当时震惊于他的真实,也对这样诚恳敞开自己的人有所好奇。多年以后,我完全可以做这样的保证,他确实是一个罕见的不戴面具的人,经过无数次人生磨砺,依旧可以完全真实地将自我呈现在陌生人面前,对于其他人可能是勇敢,于他则是自然而然。他也完全不介意呈现自己的某些不足或短板,同时也丝毫不认为有什么必须维护的所谓"董事长"的形象,一切品行和他的人格,在事业与家庭间,没有两样。

我们讨论过这样的人生品格,如果通俗一点讲,可以用三个字概括——"滥好人"。滥好人,是对世界的正面反应,他们对一切抱有正面看法,忽略真实世界中的确存在的丑恶不堪、无端恶意和腌臜自私,在他们的世界里,没有"坏"的什么存在。这样的性格认知,也许来自他们成长时期的阅读,来自家庭环境和教育背景,而更可能是因为不愿直面"恶"而选择逃避、屏蔽,当然还有可能就是自带基因,这是我觉得难解释的。但滥好人们对世界与他人的毫无防备之心,很有可能给他周围的人带来困扰,那就是作为他们最亲近的周边人的我们必然需要想到更多。我们除了关心世界,还要关注个人,既要处理近忧远虑,也要不时防微杜渐,他们对事情不做设想的任何可能,我们都有必要提前想到,时间久了,我们似乎变成完全从负面思考的人,以悲观角度看世界的人。

有一种普遍存在的人际关系,就是人反而对身边亲近的人没有耐心和宽容之心,我是,TB可能也是。TB一直是一个反人情世故的人,比如他和父亲的情感曾经复杂,但并不意味着他没有家族观念,他的所有的逃离都是以全部要求都会答应为前提,对其他家人更是如此,有求必应,全然不问。但不得不说,更早的时候,和他相处最亲密的都是朋友们,在他那里,女朋友也好,老婆也好,都比不过朋友来得重要。我大概也一样,对身边亲近的人总要求更多。世界上还有一条真理,即当人与人相处已久,会彼此看不到优点,只看到并放大缺点,然而又没有人没有缺点。所以,当我尝试不时抽离出婚姻关系去看TB,我觉得他是非常少有的具有优秀品质的人。他对我的影响也显而易见,他的谦逊低调、看似没有上限的包容之心。我身上变化最大的则是,永远试图不迟到,因为TB是个绝对不容许自己迟到的人,他可以长时间地去等别人,但绝对不能因为自己迟到而让别人等。女人迟到不是天经地义的?有没有不迟到的女人?可能有,我(尽力)。

想了想,我和TB各种差异之外,至少还有一个共同点,就是我们都是怕麻烦的人,怕麻烦别人也怕麻烦自己,若不是两岸婚姻繁复的处理程序,我们大概率早就离婚了。

  祝诗集顺利出版,并希望读到它的一些人能从中得到一点有益的指引,相信对TB来说,这充满意义。

苏菲

2024年7月16日

图书策划	中信出版·商业家
总策划	黄维益
特约编辑	朱漫芳
策划编辑	周志刚
责任编辑	刘婷婷
营销编辑	潘宁　张月
装帧设计	高巾茗

出版发行　中信出版集团股份有限公司

服务热线：400-600-8099　网上订购：zxcbs.tmall.com
官方微博：weibo.com/citicpub　官方微信：中信出版集团
官方网站：**www.press.citic**